抖音石

該慶幸那些浪跡過天涯，共乘幸福航線的詩句，
一致被神父哀悼沙塵中劃下他們額前淡出如安息香的十字。

吹鼓吹詩人叢書／04

冰夕 著

【總序】
台灣詩學吹鼓吹詩人叢書出版緣起

蘇紹連

　　「台灣詩學季刊雜誌社」創辦於1992年12月6日，這是台灣詩壇上一個歷史性的日子，這個日子開啟了台灣詩學時代的來臨。《台灣詩學季刊》在前後任社長向明和李瑞騰的帶領下，經歷了兩位主編白靈、蕭蕭，至2002年改版為《台灣詩學學刊》，由鄭慧如主編，以學術論文為主，附刊詩作。2003年6月11日設立「吹鼓吹詩論壇」網站，從此，一個大型的詩論壇終於在台灣誕生了。2005年9月增加《台灣詩學‧吹鼓吹詩論壇》刊物，由蘇紹連主編。《台灣詩學》以雙刊物形態創詩壇之舉，同時出版學術面的評論詩學，及單純以詩為主的詩刊。

　　「吹鼓吹詩論壇」網站定位為新世代新勢力的網路詩社群，並以「詩腸鼓吹，吹響詩號，鼓動詩潮」十二字為論壇主旨，典出自於唐朝‧馮贄《雲仙雜記‧二、俗耳針砭，詩腸鼓吹》：「戴顒春日攜雙柑斗酒，人問何之，曰：『往聽黃鸝聲，此俗耳針砭，詩腸鼓吹，汝知之

乎？』」因黃鸝之聲悅耳動聽，可以發人清思，激發詩
興，詩興的激發必須砭去俗思，代以雅興。論壇的名稱
「吹鼓吹」三字響亮，而且論壇主旨旗幟鮮明，立即驚動
了網路詩界。

　　「吹鼓吹詩論壇」網站在台灣網路執詩界牛耳，詩的創
作者或讀者們競相加入論壇為會員，除於論壇發表詩作、
賞評回覆外，更有擔任版主者參與論壇版務的工作，一起
推動論壇的輪子，繼續邁向更為寬廣的網路詩創作及交流
場域。在這之中，有許多潛質優異的詩人逐漸浮現出來，
他們的詩作散發耀眼的光芒，深受詩壇前輩們的矚目，諸
如：鯨向海、楊佳嫻、林德俊、陳思嫻、李長青、羅浩原
等人，都曾是「吹鼓吹詩論壇」的版主，他們現今已是能
獨當一面的新世代頂尖詩人。

　　「吹鼓吹詩論壇」網站除了提供像是詩壇的「星光大
道」或「超級偶像」發表平台，讓許多新人展現詩藝外，
還把優秀詩作集結為「年度論壇詩選」於平面媒體刊登，
以此留下珍貴的網路詩歷史資料。2009年起，更進一步訂
立「台灣詩學吹鼓吹詩人叢書」方案，獎勵在「吹鼓吹詩
論壇」創作優異的詩人，出版其個人詩集，期與「台灣詩
學」的詩學同仁們站在同一高度，此一方案幸得「秀威資
訊科技有限公司」應允，而得以實現。今後，「台灣詩學
季刊雜誌社」將戮力於此項方案的進行，每半年甄選一至

三位台灣最優秀的新世代詩人出版其詩集,以細水長流的
方式,三年、五年,甚至十年之後,這套「台灣詩學吹鼓
吹詩人叢書」累計無數本詩集,將是台灣詩壇在二十一世
紀最堅強最整齊的詩人叢書,也將見證台灣詩史上這段期
間新世代詩人的成長及詩風的建立。

　　若此,我們的詩壇必然能夠再創現代詩的盛唐時代!讓
我們殷切期待吧。

抖音石

【自序】
相逢詩的奇遇

冰夕

文字是上帝賦予另一種學習發聲的福音
只要願意朗讀，或用目光相遇，互換意外的驚喜。

如果石頭也會遊走於午夜城鎮的夢中街道，於深壑的流泉中發聲，那麼……勢必揉合過四季幽微風雨的低喃，如女高音顫抖的嗓音穿透鐵石肉身，以細碎的雨露節拍，緩移於詩的光中沐浴。

輕飲朝露，接過送花人的淚水，和親情相依的汗滴；女人香的氣息刻印於三生石上，重疊著生命的圖騰。

等你回頭，在詩中畫的時光之河，滔滔不盡的甘與苦，以及無悲即無喜的相稱裡，終會開出一朵蓮華的微悟。

這本《抖音石》是收錄2001年到2009年共九年裡的詩選作，頗難細分。索性，從繁入簡，恰好合於一路走來漸趨剔除綴飾的簡約理念。是以整本詩集分為四輯：輯一「短

歌」顧名思義以小詩為主；輯二「變奏」以組詩為主所演繹、遞變的發聲；輯三「獨語」則收錄單首較長篇幅的作品或散文詩；輯四「城邦」則收錄以家、國、社會時事觀感，以及對詩人前輩們致意的感發。

關於我個人的寫作里程，其實深感窘促。因為無法完全記清楚自己曾有哪些拙作被收錄於某詩刊、報社的選稿作品，也因起緣於無意中的創作，以致今日創作記錄不是很完整的裸裎在此，倏然間，忽萌發雙重矛盾的感受：欣喜與敬畏。

欣喜的是一己塗鴉竟能成為紙本躍然讀者眼前？因自己向來把詩當成夢想的天空，而欲摘星的手也祇能埋首燈下自修，與詩的影子賽跑；也喜歡閱讀詩人前輩、同儕、後進的作品，寬慰於有詩一志的旅程上，能一起灌溉著心靈淨土，反覆蛻煉於成長中。讓我敬畏的是，因為閱讀過非常多古今中外優秀的詩選或網路頂尖作品，深感何其有幸的，此際猶能集結青春與文字的合影。

此刻，我想欣悅的疾呼喜愛創作的朋友們，有志者事竟成。越是逆境中的磨難，往往深具出乎意料外的果實，過程中的試煉自會報以喜樂的結晶，回首來路，創作的生活雖辛苦，卻能與詩相依廝守，並肩於我們的時代背景裡。

我喜愛在詩的鏡頭前，體現歷史的廣角鏡，捕現每一刻的時勢；有時是伸向文化各異的跨時區，去體察與反思；

有時則是在顯微鏡下，體現人類從狹縫中求存的意念。其中或有似曾相識的悲感、喜悅與困境，但卻是我唯一親身參與繆思互換小宇宙個體的經驗，如願的呈遞在讀者眼前。

　　共為演繹、推移創時代的銀河歌者啊！我才剛要開始發聲的樂章，正要闊步於地球村，探險出一幕幕的詩境，緊密相守既艱辛又回甘的暖流詩旅，期待寄返人間。

　　──等你，雪亮的靈魂之窗，前往相逢詩的奇遇。

抖音石

輯一　　短歌

輯二　變奏

輯三　獨語

輯四　城邦

抖音石

輯一

短歌

映射出蟾蜍
暴飲美麗瓢蟲的哀鳴

冰夕 Oct6`2007 · 異鄉人

目光

也許接住的不是雨
只是幾滴難以抽離湖畔的倒影
深深誤闖
享用陽光的片段

但目光總有方法
接住雲一樣遙遠的事物
煽動黑睫
把路經似曾相識的背影
放進某悲劇彈道　重演

與藍天飲盡
空碗中的我們
again！
and again！

Nov9`2009

游

怎麼忘記水　來自眼睛

從看見你的第一回

連錯一千次枯木

都抽芽了還以為是寒暄路經池畔的

春去

　　　　秋來

水草已結髮共生時

你才想起

簪　自我體內取走魚骨

眼看我躺在別人簍子裡

游著你姓氏的異鄉路上

Sep19`2008

四季自畫像

人　總在談起過往時
目光特別秋天
看一列金黃火車駛進仲夏
數度征服幽暗隧道

為凍傷的鼻尖取暖
直到扛起頸上隆冬的巨石像

春日的貓步依舊磨蹭花草間
叨走小心肝

Mar20`2008

藍蜥蜴

步出囍宴一尾灑脫蜥蜴
嘔出火花漫肆的
夜。讓他輕易淡忘深秋
甩蕩街心沿途叫賣
鋼冷鑰匙圈的回聲

嗯，無須再趕路的行囊
枯葉接續堆高皮靴前進的方向

而盛開玫瑰般焰燭
是海星的觸手從別人夢境
艱澀縮回他
纏抱胸前日月的長短針

Oct29`2006

異鄉人

背向長堤的蛙跳聲
猶可猜出在第幾階
左轉，透過午夜
漏篩月光無邊盪漾的水鏡

映射出蟾蜍
暴飲美麗瓢蟲的哀鳴

飽嗝著海拔的
芒背
拋擲出每一絡魚線
都狠狠勾出一截流星
裸裎光陰牠
衰竭的肋骨

Oct6`2007

老靈魂

佇立時間的瞭望臺上　牠們
都知道回不去了

想望星星的高度　沒有一節車廂
開往你陽光的草坪上空

候鳥沿西伯利亞遠征
觸動每秒
振翅如冰湖綻裂的春日鐘面

穿越夢境帶回來的不是雨
就是黑羽的歌者　牠們仰望

漂浮冷空中的塵埃
逸去一絲苦笑

May15`2005

遺忘

不肯承認的。喪禮

隨影子在寂靜中茁壯

並埋下後院

每株焦慮的雛菊

和著腐葉；往往稍一起風

就活生嘔出

無人認領的鬼日子

可是你真的分不清哪一顆

落單的頭顱

該套在幾歲的身體上

Dec18`2006

香甜酒

謙虛著故事的配角
曾是天使之吻
最曼妙火花的元素融化舌尖
未敢吐露愛的腹語

鎂光燈下
幾乎有那麼一刻挽留住
多不理智的唇印
寫下結局

空杯裡的目光
經常是
再退一步天涯
就要墜馬

Apr7`2007

虛構晴日夢中

其實她害怕面對人群
窺見行走時
僅存黑紗移動

如逃出昨日廢墟的她
來到旋轉霓虹光熱的城市
才發現身體
僅有幾片落葉最真實
結局

鏡頭外
總有人戴上墨鏡宛若
雨水和日照不停擦拭
雛菊墳前
考古滄桑的姓氏

Oct12`2006

流星過後

毒藥嚐過、解藥與糖衣都經過食道
咀嚼黑色汁液的時間
偶有奶蜜流出鐘面的反光鏡中
落葉紛紛
橫越安全島

救護車過站不停
海潮結夥閃電
逗弄燈塔隱憂未明的指向

每當毛髮落地時
午夜長風就吹起聲音漸遠的花事

於是流星過後的真相
都學會躲貓貓
火種藏進文字成為地圖上
互換躲雨的防空洞

Oct29`2009

聽雨的人

十年了　這原地打轉
飄飛傘下的倒影

僅能藉由聽雨
看見天堂的樣子

靜物般站成
窗外風景的彼此

Oct21`2004

問梅

最先徵逐雪地上
來訪的足跡
已無關早春抑或晚秋

輕覆一層薄霜的
曖昧
對鏡梳妝

撫琴，緣自弦音清亮
初生的無畏

純粹。純粹難尋——

Apr9`2004

燒酒歌

再加把野火
燒紅
後窗視線

看女人吃下蘋果
蠟一半
愛一半的淚
吐出鳥和花

後窗浪人唱起
辭海邊界熟爛每晚
鼻酸的
泥葉　飛

Oct23`2007

流變體

不寫詩時
我為篝火中人形添柴
傾耳；助燃枯骨
迸裂出獅吼吶喊

陽光出現時
我是吸附歲月馬背上
縱聲
狂笑的快樂蝨子

Oct22`2006

星期三

星期三因為知道星期六不能赴約

所以留言給星期五

並點播一首會呼吸的……

怪物，罰站星空下唱得好憂傷

當銀河列車駛向日出

只屬於藉口的下一次

愛笑的下一次

陽光的下一次

充滿預言……整除的下一次

但除不掉，零頭

那個永遠

罰站穿衣鏡角落哭濕風景的怪物

Nov7`2008

原來秋天始終住在眼睛裡

捏出幾尾雲的太陽雨

吹向遠方小島

比憂鬱少一些

比春日又多幾片落葉的我們

原來這麼輕易

被蠢蠢季節裡的兩條蟲

感動到枯萎了所有美景

Apr9`2008

Music Box

多奇妙
夏天的音樂與冬天的雪
全在此共舞

冰的語言包裹熾熱豆莢
從不停歇一秒怦然高溫

氤氳的街燈迎向雨的旋律
從不漏接燙手夢囈的高燒

而雲未曾停歇的行腳
就著回暖的洋流航向大海
穿越仙人掌訕笑的齒梳
攀沿峭壁
來到昂揚巨塔的面前
瞭望世界
僅為呼吸你稀薄喜瑪拉雅山的愛

Sep25`2006

我喜歡

我喜歡乾淨字跡，好比
美德站在我面前

我喜歡舒服的日曆
風一吹就變身到海邊看見漁火簇擁星光歸來

我喜歡在暖暖的島上赤腳閱讀
雪從世界帶來珍奇雀羽，唸給貧窮的童年聽

我喜歡憂鬱的雲
靜靜下成雨後的月光

花，一瓣瓣
綻放眼裡
既使未能真正保有喜歡的我們

Nov16`2007

懷人

有少部份偶遇蝶的綻放
是放飛風中的沉默
給了無限夕陽一起消失地平線的遠方

而大部份時間是不忍攔阻這城市滂沱
庭前，嫻靜專注
由石灰攪拌如天使的雕像
垂聽細雨
撲翅水鳥的節拍，青翠靠岸——

伸手握住我們
明知不斷串落透明羽翼上，花開花謝的。輕

May16`2004

日出・風城印象

是促狹，早來的北風吧！使松柏搖曳
揮手的晨光。擁一波波笑靨飛抵瞳眸
鴨綠色淺灣的金陽涼流如笛音迴繞；
沿岸，有水鳥正撲翅一幅亮白疊韻的
夢中小城

仰望，就像雲一樣想起風輕輕吹捧髮
際的光與熱；風一樣摩挲細白水花的
往事，粼粼河光中流盪一泓，欲言又
止的唇語。思念，稍稍小立的水中央

Sep30`2004

輯二

變奏

連佛也不忍說明
供桌前的白玫瑰

愛低著眉

冰夕 Jun5`2007 · 噓

思及聽巴哈的遠方（組詩三首）

• 思及聽巴哈的遠方

遇見雷雨時
可否躲在妳家對街
深秋的對街

像捉迷藏一樣
讀妳說話時的唇語
這次
換誰當鬼　看妳優雅
走進生命隨意翻頁

只容許遠遠獨享
擁有很多果園的我們

很多昨天
很多羊
但沒有一次安全返家

• 塵

一首詩可以有幾個妳
能摘下
幾顆星的動詞

如果有一百首詩
飄洋過海的攤展月光下

會不會全是妳

• 噓

我不會認輸的
更不要說出答案

光影爬過欄杆
一隻壁虎的巨大身影
壓了過來

連佛也不忍說明
供桌前的白玫瑰

愛低著眉

Jun5`2007

一個名叫櫻桃的女子（組詩三首）

一

譬如和蚊子一樣快樂

剛從春曉繞出

縫補漏洞的紗窗有許多

頭顱落地

夜來

啼聲知多少

二

譬如她戴上

威尼斯面罩的粉臉

簧舌；

含在牙齦上的櫻桃

幾番進出

扭轉，頑艷五十音

結繩的
芭蕉句
連康德也無法猜出

那從東方女子身上抖落
漫天
不眨眼的
莊周夢蝶

自櫻桃小口
吐出

三

譬如雪女開始收拾
清明。佇足金漆剝落的廟簷上
細雨紛紛敲響鐵欄
門神、黑白無常的兵刃
叮叮傘下
急促反省的發音

多狹隘
那一生易碎的冠詞

極力證明淚水
不是
自己的

Apr15`2008

各自展開的黃昏（組詩四首）

• 各自展開的黃昏

記得那年你是旅人
夢，還很年輕
鮮少抱怨話題老講一半
就被消防栓
強力消音的聲浪

萬物真理
包括恨，都拆成對半
和愛排排坐
拼了面子活到老
還綁在一起戰鬥

站
站
站
站不穩腳的太陽

往往以磕頭
直接俯衝窗口
墜地的
次數最多

翌日清晨
幾個碩士班畢業的清道夫
又開始踩踏一車落葉離鄉
各自載走
從中央廣場出發
鳥獸散的轍痕

• 石頭記

這回，我是歸人。

我去找過你了
那裡
只有塞爆信箱的舊思想
撲空滿腦子
企圖跳海的窗景

我去找過你很多次了

連石頭
都記住路

記住我漸次語塞
沉寂每天的模樣

真像石頭

• 現代阿信

甚至找不到浮木
嫁接一次
讓腳本喘息的重生
頂多變成
無數泡沫
擠入狹小浴室
但是寬窄
剛好夠阿信安心地
拔下犄角
撫搓瘀痕和焦躁
敷藥，擦乾身子

穿回羊皮

• 大嫂

終日清掃房子、抖灰塵
轉身又忙著清早上班前
晾曬衣物迎接新年

一張過期的典當單
供出衣櫃底層
遠久前出嫁時的淚水
和傳統並沒兩樣的現代
照舊試煉新女性
追尋幸福的縹緲定義
消化於每個節慶的深夜
輾轉大嫂夢囈中
捶打早衰的五十肩

宣判終生
一個蘿蔔一個坑

Feb14`2007

始終站在距離之外（組詩兩首）

• 滄海

輾轉，從掌聲的圓形桌
走出月台
一座逼真的活動廢墟
有我親愛的陌路人揮落
雪的味道

但請不要拆穿過往
扎入彼此胸骨的勳章
不要拆穿未來
扛在肩膀
那些脆弱的太陽

是禁不住十指
一戳即拍散
光年之外的紙月亮
曾秉燭夜海的波光中

含下一枚婚戒

＊註：圓形桌：此指中古世紀亞瑟王所組織的圓桌武士

● 近況

不為想你
只是器官偶爾罷工

好幾次喝口水都噎住
就沒得逞該死的願望
活下眼淚

上帝的劇本
時有意外的安排

奔跑在醫院
和教堂的路線
庭前的槐樹，黃了
又開始編織起綠意
只有鞦韆仍空懸
蕩著捕風的狗日子甩尾
叩門狂吠

Feb18`2007

觀影之後（組詩四首）

ㄅ 甜蘋果

你立於黑鍵之上
我端坐白鍵

杜蘭朵從你修長指尖
流露出
極煽惑的笑

瀰漫
卡拉夫身後的夕照
一捲捲氧化

ㄆ 齒痕

彷彿榨汁機裡
被攪拌的果核
薄冰般步履正捲入檳榔

靠近一點
在比對過相同齒模後
會發現
情詩與遺憾等重

再靠近一點就好
既使立於黑鍵之上
下一秒
就是深海

∏ 放逐

其實所有人都瞭解
沒有結局
唯山川風雲見證過火花

他們試圖轉身
挽回靈魂
卻只剩一雙輕盈翅膀
伴他們飛越叢林塋塚

亡 塵與土

該慶幸那些浪跡過天涯
完美幸福航線的詩句
一致被神父
哀悼的沙塵中
劃下他們額前的十字

Feb25`2002

潛水鐘・斷章（組詩四首）

・身世

沒有回頭
那隻野猴子跑著跳著
被城市吞沒

學退伍老王持刀搶超商
學貓兒偷腥；學狗
低頭
跪伏鏡前啃爛出生證明

連牆上的壁虎
都觸動他親切欲淚的
血緣感受

・水

無法選擇
一心流往清澈的月光海

從母親臉上
流入瓦盆；流入
被敵軍按住
或親人
按住
她們難以啟齒的屈辱

• 費解

視線，時而透亮
星光下的奔鹿

時而反客為主的烏雲
寫滿模糊背影
直播的家庭劇院
浮現戀人各自走出
一行行慢性
濃痰愛的狼嚎
穿透夜幕
空洞的鍵盤聲

窗外的救護車
一輛接一輛載走許多春天

• **潛水鐘**

終於安靜了。因喉嚨咳如火炭
只能躺臥書房聽巴哈弓琴或持
續延長睡夢像無知鸕鳥毋庸再
圓謊折翅之旅的伴裝人潮櫥窗
前的樣本，而羽毛泛出好輕柔
冷熱空氣中的光圈，托起漂浮
時鐘裡的身軀滴答答唱遊飛行

May21`2007

夢中圍城（組詩四首）

• 白金對戒

我們試著把餐桌上

溜走的浪漫揪回來

把分歧的價值觀扭轉到最小聲

像輕按住螻蟻的彼此

深怕壓碎經年築巢的甜餅

直到記憶

從夜夢中扭曲升起

發汗的悲壯神情

切記，跨出巷口就別一副喪狗樣

是長年來唯一的默契

• 沿著你慢板的詩情紀錄下我們

我沒有獨自在異鄉

伸手接過你捧來的雪

沒有拿鍋碗接住

四季的漏水

仍淡泊如你養魚的良好修養

翻閱生活

左手簽名沉重的學費單

右手遞給ABC語氣生澀端盤子的身段

技巧閃躲孤獨

迎面而來的指認

我沒有實驗鼠般

被關在楚浮房內

看自己

蜷縮地窖的經驗

我沒有

你……

哭了嗎

當你體會真相只是造物者的遊戲

我和你一樣

擁著「無法離島的悲哀」而眠

聽雪飄降教堂

弓琴白茫茫的圍城

• 花腔女高音

S
花腔女高音
分不清陰影裡倒立的侏儒
是你還是我
就率性穿走聶魯達的大鞋
重擊望夫石
吞沒青鳥的楔子
叮叮錯落 hug July
失序的侏儒

從天花板直到放眼窗外的清道夫
掃盡清晨
離枝的落葉

向誰?借來一根絞繩
了斷屋內雨滴!

Z
我懊喪不已
不因生計低頭的

所有屈從

只因無法和你
成為一條蛇的
冷漠

每每梳妝的歎息
奪眶而出

• 某年春日記事

我只想靜靜
背誦
流入下水道的經濟方案
等廣場取下蛇籠後

扛走一匹精疲力竭的牛
牽回鄉下種田
養大三個孩子

Jul4`2007

沿沙灘走出幾行問候（組詩三首）

• 沿沙灘走出幾行問候

呃……遺忘是
三音節
還是三兩朵月亮的老花眼

風那麼藍
腳那麼輕
走不遠記憶中的星子
是露卡
回來了麼

為什麼好多風帆飄上岸
每瓣都充滿了花蜜的聲音

• 我在這裡

我站在窗外好久
窗與窗之間

其實沒有海嘯沒有遺失風箏
沒有地標
沒有想哭的感覺

風呢　還是一樣綻放香氣
協奏雛菊眼中
驕縱一枚枚年輕琥珀色的光芒

我在這裡
樹是我的家
雲是你的路
葉是我的心
夢是你給的山川

從寒武紀到外星球
我在這裡
沒有化石的感覺沒有距離的深愛著
露卡

• 寒武紀露卡

通過妳
通過我腦海

是一冊上了鎖的身體

只有露卡瞭解密碼
譜成星光
膝前
無數溫順小寫的 s

May8`2007

抒情體——致 波德萊爾（組詩五首）

● 我愛那些雲……

當我聽見黑夜搖櫓的哭聲穿越時間

划入浴缸裡的臉

黑色長睫的他想起什麼

一隻鳥甚至無法揣想壁畫前

克林姆如何擁抱The kiss的嬌慵身軀

俯向你

流經體內的信物

隔一道錯置的牆

被鋼筋穿透脊骨的

一隻流浪狗

輕易指認出我們還有牠們

沒人奇怪長出爪子的身體

輕易灼傷誓言

灼傷經書

良久未敢抬頭

讓愛人撞見你空洞的目光
比死亡還悽冷

● 那些飄過的雲……

留不住將融的良辰
既使跪膝
用紗布裹住鐘面失血的輪廓
也無法挽回純真
消逝空氣中的嬌笑

且對繆思鍾情
難遣水火交界的迷走裡
看清日出
自曙光中擄走愛

始未料及的一句：想
畫眉鳥，牠破窗而出

● 那兒……

迎接一個新生的來到
與守候將逝的流星

哪個是悲劇的開始或結束

迷途的女人隻身來到寺廟
幾乎沒有祈求上蒼庇佑的意念

直覺地捻香拜佛
直覺地買了兩盞光明燈
女人用打火機點燃燭台
機械般為自己點燃
夾在食指與無名指
失神抽完整包記憶的站牌下
等人接走

或恨恨踩熄寂火
斷頭的站姿

● 那兒……

簪。已經習慣
不對鏡

斜刺，往後腦勺
狠狠扭緊一圈
深海般狐媚的笑
針尖
抵住後腦勺

正午的視線猛力搖晃枝椏的場景
像嬈裊腰臀以上
碎步，黃金比例的
幻覺地帶

思念。沿八月煽風
細瓷的長頸，悶胸
滾燙的柏油路
一尾小蛇穿越安全島穿越女人眼瞳
斑斕雨傘節
縮起整片山丘寒荒的
小腹

• 那些奇妙的雲！

女人，最後終於走回家。一跨進佛堂就衝往浴室
把黏附四肢的污垢汗漬像甩掉手銬般怂怂脫下一
件件衣物毫不遲疑拿起冰冷蓮蓬頭沖刷身體沖淨
躁鬱還原女人深埋皮囊裡最原始的渴望渴望星辰
般寧靜抱撫自己在絕望中漸漸浮升水面的信仰。

那時發狂的小獸
異常安穩蜷臥在雲霧的搖籃內沉沉睡去

＊註：詩中所用的子題：「我愛那些雲……那些飄過的雲……那
　　　兒……那兒……那些奇妙的雲！」引自〈波德萊爾‧巴黎
　　　的憂鬱／異鄉人〉篇目。

Aug12`2006

穿起李清照的鞋子跳華爾滋

（組詩四首）

• 穿起李清照的鞋子跳華爾滋

還是忍不住
伸手十四歲流逝的雲遠颺的沙鷗

跨出左腳，佯裝妳在右邊
隨影子旋舞雪國的燈下……

這些年，妳身在何方尋尋覓覓
撿拾顆顆珍珠
撥弄算盤冷冷清清的日子
忙著擠兌旋轉門前
熟稔隔世容顏淒淒慘慘的贈辭
都為他們繫好安全帶了沒

每當子夜冷風響起
穿梭慼慼小巷的落葉飛沙

就揮不去四十歲窗口
欲伸手撫摸妳臉頰
深邃如霧的目光。雨
停了沒

＊註：〈穿起李清照的鞋子跳華爾滋〉裡「尋尋覓覓冷冷清清淒
　　慘慘感感」為引用李清照《聲聲慢》詩中連續14字的疊句。

• 山水有情

只消旅人偶也會漾開
對岸　少婦持傘
擁有粉嫩嬰孩般的釋笑
典藏此間

紅蜻蜓闖入
潑墨一卷蟹行的秋日
留白
　　遨飛的共振
便縱是下下籤
也無畏年邁行腳展開

天際的閃電
終將到站
　　　熄火

一縷清風的火車尾

・箏

徐緩勾勒出天空
嬉戲兩朵雲的輪廓

彌留故事回程裡
沿途播放茉莉香的片段

遨飛在藍藍無人的高崗
無人知曉的
錫金色城市上空

何時卸下
一句。奔波
紙糊的今生

‧其實我們很習慣迷糊

還能怎樣，那些帶著歉意的陽光
永遠薄倖渡口的咳聲

觸網的警鈴
用敏感的偵察翼抵禦亂流
僵笑的肢體語言

像無法永保愛
短命的存活率
在艷陽天遇見雷公
也說：嗨
化成你庭前花草的
養分

懷念她嫻熟串起小雨
唱予鄰家老狗聽

May31`2007

搬家（組詩五首）

I

音樂。曾有一小指節
摩擦出曼妙狐步　獻給太陽
太陽卻愛上月亮

留影鋼琴旁
長出滿屋子荒草眼神
懸浮孤獨的笑

II

書籍。與巴哈漂流海中央　好圓的月亮
遠遠望去某年仲夏的
營火　一起攀上蒙塔萊的檸檬樹

數著流星的每一筆劃
都是煙火
言不由衷的方向　墜地成詩

III

cancer。充滿挑釁的隆起物
自翻身的右手邊
目擊他頸上酣睡的腫瘤

秒針如氧氣筒指標
搏擊牆的拳頭
持續佯裝夢中的她嚥下生活碎片

而小夜燈總在更遠處的　後方
輝映人們無助的臉

像末世紀孿生的恐龍　默認雪花
逐漸冷卻晨光中的地球

IV

牆。包容她換殼
一次次燒光靈堂中蠟炬的臉前往掩埋場
順著陽光的沿途
所有視線　毛玻璃般

看祂們隔著
細雨
移動密室槍口的過去

V

處方箋。自粉末狀夢境尋找線索
的父子相繼遇見玉環，荔枝太甜
昂貴的代價
一口就含下幾世牛馬的苦旦路線
從後花園到月台的安娜
開滿鐵道兩旁
同時發出不同鄉音的早安您好

一再背馳河岸春光的眺望

嚼葉子的人哪！我也想歸隱山林
像雪一樣拋灑傳奇首級為愛落款

Oct16`2008

不止（組詩三首）

• 不止夢見

我們一群人在昏睡中也集體
夜遊。為了迴避灼熱目光
流言的子彈從過往射殺未來

連狐妖也懂報恩
消失暗房時

發黑的蘋果
看陽光捏碎一地零散底片

不止曝光一群半獸人
被浪群高舉火海上

・不止同名

迎面街上又一個
懷裡抱著別人嬰孩
像黃牛一樣
小麥膚色的瑪莉亞

騙走眼淚

教堂裡
喚名瑪莉亞的外勞很多

但能網住報佳音的回聲
多寂寥期許

・不止一朵往事墓前

錯失彩虹手把
緊摟春光奏鳴曲的鳥人
留下陽台
空蕩的燕尾服
聽雨季答數

花瓶遇水
漲滿寂火的紅唇印

遠眺
朦朧青山外一幅畢卡索
框出小丑
抽象的畢生

不停比劃風中的
枯枝之手
喚醒提琴幢影

不止闖進
逗人邊哭邊笑懷念起
拋物線的流星

不止拙劣的耐熱度
燙傷月光

Oct23`2009

無堤（組詩兩首）

• 象

就是無法割喉

完美的錯置

從喉結吟哦出夜夜水袖擅長詩

詞的蓮花指

過不了美人關

對鏡凋落水仙操的倒影

捏皺一團火紅地圖

也握不住故鄉月

怕沾濕老父衣襟

恨淚眼

鎖不住七尺男兒膝前

逗留幾轉腐味

長跪。恨不是

醜奴兒

• 遇賊的新居

藏在恥骨之下
孕育欲望，寒荒的溫床
忘了是什麼事什麼人
從鵝絨被摸到一把匕首

男人回想起
剛開始
午夜的女人還會邊唱歌
邊搭配衣服的閒情
把婆媳僵持白天的戰局
熨整妥貼

他環顧起屋內
多久沒換洗過
不乏珍貴的溫馨家飾
當潔白窗簾開始刺眼
像太陽一樣發黑……
猛然他想起了什麼
把匕首，狠力拋往天空
打散窗口的月光

暴雨橫流滿屋新婚照

隔日鄰居發現
女主人浮在浴缸
沒表情。
和每天進出大樓同個模樣的

生前
死後

Mar6`2007

上邪・無伴奏 G大調（隱題組詩）

- Prelude

我們會否安然走出官能煙火中甦醒的意識

欲委身將雙手伸入彼此風衣口袋裡

與粗布避寒？　噢，即使情操奧秘如一冊

君王般難理解炊煙深處的典籍；該學會如何

相惜漏瓦下交付靈魂的摺疊紙船上

知命地，犛開大地裸背山脊側彎的日月

- Allemand

長長低音巷弄的提琴弓開了石榴色

命運的盆栽，捭下了

無數吻痕G弦指紋上的

絕響。提前敘述花期

衰老乾枯的眼珠子，喀拉拉滾落壁鐘

• Courante

山雨它們照常健步如飛的彈奏簷下
無邊擦撞，迎面鐵道上失速的蒲公英。劈開
陵墓，喧囂寸光跨出每一步的懸崖攫走
江河上那捏碎絕望掌心
水深及喉的
為晝夜帶來淤沙脈流
竭力擴張胸肺如童年被釘牢標本上的蝶

• Sarabande

冬眠的夢獸會否真洞悉了炎涼
雷動後的歡愉？拾回炭筆冷靜地繪出
震央戀人蜷睡莫內蓮池裡含苞
震幅亙古的筆觸滌出
夏浪層裹鱗身顛狂的鎂光燈如
雨後澄澈舟葉的脈絡，縱然
雪崩於前，也晶瑩相擁冰雕中的儷影

• Menuet 1 & 2

天神的弓弦手是否回想起太初？曾悸動
地心種籽的蹦出了另一朵為你笑為你哭泣的容顏
合奏出千年前擦肩寺廟的花香

• Gigue

乃至旋身光影裡的對話游移殘風中
敢言，不敢慍怒矮窗下
與一屋子懷舊的鏽色等候搖椅上欲墜
君王曾摟以春日
絕唱滿園，於今迴繞安息香跟前的楔子

＊註：此隱題詩名引自漢樂府〈上邪〉「我欲與君相知，長命無
　　　衰。山無陵，江水為竭，冬雷震震，夏雨雪，天地合，乃
　　　敢與君絕。」

Jan7`2006

數著漫夜凋零的指針（組詩兩首）

I

不要傷心
我知道妳所緬懷的
期待，都給了上一秒

不要落淚
我知道妳骨瓷的頸身
已裂成蛛絲

II

數
著
漫
夜
凋
零
的
指
針
數
著不傷心…不落淚
不傷心…不落淚
傷心…不落淚
心…不落淚
…不落淚
不落淚
落淚
淚
。

Nov2`2001

妳的西古爾德（組詩三首）

・光

「德・昆西在茫茫人海尋找他的安娜……」

我曾忘記永恆
忙著複製泡沫般記憶
差點拍掉金砂流經無名指環
暗示
宴會那晚

遇見烏爾里卡化身月光下懸掛枝椏的箴言

總在布倫希爾特拔不出劍鞘時
重逢

＊註：「德・昆西在茫茫人海尋找他的安娜」自《波赫士全集
　　　Ⅲ・沙之書／烏爾里卡》

• 誤認千萬次的對不起

抽完365張
倒轉沙漏的
銀河，沒一次逃過月亮發霉的味道
射落滿地粼粼波浪的碎片

字謎是戒尺
亮晃小發財車上的藍色書海

不時被落葉敲醒
今日赴明日吐出傑克的手和
腳

• 我想她醒了

目擊　一陣巨大的回響
枯葉飄墜河面與情書一起
流向閃電的盡頭
但不該是在這麼靜的夜海上觸摸到
光

老皺掌紋的刻度
深知死亡不會這麼輕易掉下一顆蘋果
滾落腳邊　為妳開門整整七年的等待
回到出生時的
遺忘

妳開始了解林泠和狄金遜懷有等質的冷
羊水溫熱
迸裂紅石榴的聲音如此飽滿
雖不知輪胎
何時輾過大片矢車菊現場

雖然深知盤子裡的
安息香
同樣也吃著腐泥生長
乖巧綻放溫室的此際
……也許
早該換下泛黃壁紙……

但窗外　始終有星纏繞
曬衣架上飛舞的睡袍

Nov19`2007

千曲是厚還是薄

P

是厚還是薄？

光陰，問我

O

迴旋於360度的後空翻

靈巧風中的身手接住了

緩降冰上

刷亮整座星空的符號

為夢展寫

曙光的舞姿

E

「你喜歡我新學的化妝術嗎？」愛，不時散發他

　瀾漫天真的提問：

　　（像被施了魔咒的青蛙，鬼臉鏡前的高度幽默）

如多年前負載沉苛機翼的他沒說
藏身威尼斯面罩下
稀薄水光的亂流裡曾赤足雪地
漫長霜害的全視

T
是厚還是薄？
同樣，反問你的我

R
願接續藍調餐桌上
雕塑向來
優雅河床暴漲的坐姿
還深以為傲？
切片寂寞的銀叉？

抑或弓琴精靈，吻醒珠淚
在飽含希望
澄澈朝露的百葉窗前
盜飲一瓢忘川？

Y
都說：厚薄無關續集
均乘以老靈魂的笛音
繫於髮上
縱使未謀面眼中的彼此
也如候鳥
滑翔出南飛的航線

*註：「你喜歡我新學的化妝術嗎？」為引用卡帕詩友，惠贈一
　　本365頁的手工詩集《女巫系列》一語。

Jan3`2005

輯三

獨語

至於顏色
只是串透明水晶

穿越鐘花長廊

冰夕 Sep25`2006・有人問起我觀海的眼神

有人問起我觀海的眼神

一篇浪
揚帆
即一艘汽笛聲
返航路上
（呵，親愛的，千萬別斷了氣……）

水手　是可想見的
蝦蟹絡繹上岸
陽光煦煦照暖體熱的沙灘
炙炎的風她說了什麼
時間眨眼
假裝沒聽見

雲，依稀亮藍遠方
雨，始終戍守港口

至於顏色。只是串透明水晶
穿越鐘花長廊

Aug20`2006

青瓷

深夜
有人把蒙塵的心拿出來擦拭

恍然兩百歲了
沒有驚訝
只感到順流指腹的水滴聲
沿經

還以為是少女的她喫下果實
長短約一首
雙人舞的間奏被風吹散

流線的瓶身隨光影
挪移窄巷的景觀　　旋轉
不自覺　　時間走著走著
就有落葉飄出眼裡

沒人能標示傷感的價碼
寫在滂沱櫥窗前

Apr24`2007

夜訪拉撒若夫人

只偶爾祂錯開了一扇
走馬燈的幻覺滑出房門
誤認螺旋奶香
黑咖啡的蒸氣爐上

台詞顫抖　走位青煙的發聲
寸步滴如水龍頭
拴不緊焦味溢出
既熟悉又陌生的長長兔耳
反鎖壁爐上啪嗤生柴的
呵欠　失態的張口劇情
昏睡成一窗
暮年的　　中英對照

與斷尾壁虎
同樣懸浮半空中看自己
是誰也無法遏止貓爪
縱身命運的火球籃框

晃兩圈
掉落安娜的月台

一半是出土自女人的遺物
一半是孤魂的我的故事

全被一陣長風吹散彼此
手持小碎花傘前進的蒲公英

＊註：拉撒若夫人〈Lady Lazarus〉為Sylvia Plath 寫過的一首詩
　　　名稱。

Nov5`2005

安娜

溫柔的善意迂迴鐵道而來
捧一塊鮮美魚肉給妳
深深吸入體內的日光穿上幸福
沿鐵道飛行的記憶不移

不疑險峻冰山的迷幻氣流
載往城市途中　又次墜毀
腐肉魚汁的通風口
無法塞入冷藏庫回收
更不忍餵食日夜等門的忠犬
持續悶燒高溫

昏黃的兩道蟻孔
持續
黏在時間門縫

Sep21`2007

有人寫情詩

我只想知道童童過得好嗎
順手將發霉的書信晾曬月光下
淋雨也無所謂
反正筆劃艱澀難懂

晾曬風中的書信
姿勢依舊如矇眼黑駒奔馳
揚飛天秤上灰燼的姓氏
砝碼苦悶
一說話就洩露
活著的重量

當季節再度唱起
漫天雪花的歌謠
已忘記走向幾零年代
麥田上的梵谷
正彎腰

拾起瘦成鐮月的耳朵
傾聽萬籟蟲鳴

一些烏雲輕易鼓吹淚水
滑落鉛色電纜上的夢遊

我只想知道童童
找回那顆飛向野外的心了沒？

Oct10`2007

一個名叫春天的女子

其實春天並沒什麼好記載的
譬如：搖籃。渴望被關懷的
聲音聲音聲音聲音
反鎖於默片的年代
打撈童年
早熟的　淚

春天其實並沒什麼好記載的
譬如：床單。渴望被想起的
眼神眼神眼神眼神
凝凍於時間的深塹
覆滿風霜
輕羽的　髮

沒什麼好記載的　：

譬如。春天

Apr23`2002

凝望

深情的閱讀著他們
每一站似曾相識的回眸
且呼喊出
深埋囚室的：「納粹、納粹……。」

畸戀的陽光
從錯綜棋局的街道展開女人
倔強水紋上
波折的眼珠
看黑絲襪與毒氣審判歲月
同時俘虜少男婦孺
搖落車窗外，顫抖的雨滴

婦人遠遠拋開了
少男健壯線條的沖浴聲
靜置於教堂的嘆息
只見幽靈長住隧道體內

著火的警笛
自夢中綁架雪花的恨意

（不復潔白的紙張不斷列表罪狀⋯⋯）

如果重生，妳說：
會為我活出異鄉的每天

記憶中的妳不停攀旋
質問我：

何曾正視垂危的我們相愛？
當自由扭曲後
頭顱落地前

「勇於為誓約朗讀？」

Jan26`2009年初一

紅豆

回想初次有人與我說話
帶點冷杉氣息　在立冬剛要離開時
就被秋天挽住手

挽住雙人份的輕歌劇與甜食
日光同步拍攝
出落韶華婀娜入境大提琴的過程
埋入體溫滾沸的指紋和唇印
已然化為額前齒痕
灰飛鳥籠中的穀物
被螞蟻搬走剝落層層皮屑的臉蛋

而種籽是藉由暗無天日的生命底層
捕夢吉光片羽
或藉由無心雲雨未著痕跡的萌放插曲
又索賠為回憶錄／對摺心跳

ーーーーー　沿－破－曉－撕－開－

她看著他笑指山海經裡的鬼
是年十一月猶未下雪
曇花如兩尾紅狐裸泳互換七世的
果實
　　／潸然滾落絕望眼底　　／／／／／
　　目光凝重的捧起窗外的夕陽無限好

－　沿－雪－線－封－印　－－－－－

宛若遊魂的巴哈始終飄蕩深宅裡
只有火親吻沙沙身影　取暖呼吸
取暖如昨日新聞的來日
未料故人重返舊地清掃雪跡而過
卻無心灑落響徹紅豆的蹬音
。。。。。。。。。。。
捻熄冬夜一枚枚無以投遞出口的月亮
直到死神吹熄記憶荒謬愛與愁的逗號

Nov25`2008

焦

時間是一串叮噹

風的密語

向來不為誰迷惑。除了夏蟬

著墨一紙過濃的炭筆太逼真

寫實

赫然輪迴的標本──

水晶琉璃，從你茶棕色瞳仁

瞇起眼的微笑開始浮現極地變化

三兩朵彤雲

停歇在我們黑框的瀏海鏡架上

欲望，消失在山與山之間

水的摺痕

蝶一樣輕輕劃位春日行程

晃漾七天小令

徜徉於普魯士藍午后
搶在魚族唇邊垂釣
顫似果凍滴溜欲語的眩金色陽光跟前
原來，風
是這般柔順高地的城市線條

若沿著咖啡杯緣
一勺勺喚你
反時針方向發音霜糖的走位是夜晚
抵達黎明的路徑

那末，早研磨好
一袋袋未開封的心事

又會是什麼樣粉末
燃燒時間裡

Jun28`2004

如雨的行板

隨你蒼茫茫的喉音
藏不住簾底深邃的積雲層
道來濃濁
黯然轉身

是夜，迅雷的閃色
烙下盈眶燙傷
我縱身簷滴的
淚
眸光，該落向何方？

倉促地從雨中
截走一尺冰涼白綾
披成馬鞍
駕起焦灼吶喊的蹄聲

（呵！你說：我搖櫓的回眸，皺了波心～）
曲終時背叛散盡

癱瘓一地寂寞

如雨的行板
仍迴盪馬不停蹄的
空城

Jun26`2001

詩成

有些事
不宜說明

彷若雙關語依附彼此
莞爾的生存方式

擺盪高溫的振幅裡
文字狂狷了心跳
熨不平的，皺摺
搜尋過所有謹慎而淡雅的
句子，為鑲嵌一首
曝曬太陽底下
也無法透視
醞釀熔岩的隱喻

記憶顫抖於瞳中翱翔的視野
如何尋求一種

平衡
能安然降落句點的雙翅

是祭司吧！或許
在他年老
收復咒語時的沉寂——

存在微妙
過程裡的一切，曾呼風喚雨

Oct26`2001

如風起時

想從妳豎心旁部首帶走積雪

然而初春的字根太淺

卻要我輸入過客

唱名如吉普賽族譜

浪流於沿街鵝黃色燈火的窗外

不時惦及遠方：天堂，就在你心裡

連左胸的懷錶

都聽見心事的齒輪擦撞寂靜

逃離，像索求灰指甲的鍵盤上

挨著雨季往回走

偷偷種下三兩株長長背影

默片似的黑眸

不知會走出哪節車廂

然而晨起的窗框早不耐鹽分侵蝕

刺探簷下

過站日照的廊迴，收錄輪廓底

那等待風起

圍串成

響徹山谷的兩只銀鈴

Dec11`2004

邂逅

七夕是多年前的流星

墜落睡前窗口的晚安

文明的隨手拍

拍出兩枚許願幣的人頭

落地

溫潤的浪潮聲擁向彼此深愛的典籍

時光之手他們翻閱著

多難的故事有些相似

有些風箏　掉　落　教　堂　山　後

不知名的女人拾起了

男人整本憂鬱的懺情書

描圖紙上

塗滿了孟克吶喊的臉孔

熱情的戰地記者

持續擁抱著與月老無緣的希望之書

鵝毛筆是她唯一的出口
忘記身體
曾被星辰緊摟住月光
相擁而眠的莎喇娜娜

相擁而眠的詩；一頁頁飛走
婦人眼裡
　　年　輕　的　歌　聲

Jul4`2009

錦瑟（隱題詩）

錦繡的織繪如初春圖騰

瑟縮毛衣裡小鹿亂竄的線頭

無端掉落你跟前

端倪此生不合時宜的告白

五官漸溶漸遠

十指輕歎的

弦起

一屋子霜冷顫音攀牆

弦如髮的蛛絲，寶劍在隔世

一路向北

柱狀的望夫石

思潮蔓生，穿孔成綠繡眼

華髮與花簪相映

年年搖落扇扇脆薄夕照

Jul28`2007

夢見郵差

此際，擺放各種
不安的坐姿
都有股被強烈投遞的慾望

慾望被書寫
不斷向寂靜島嶼致意的熱浪
慾望被發現
不斷向密室歌詠愛情的章回

敞開，那枚緊束春光的鈕扣
騎乘馬鞍上
讓月光填平凹洞的去向
伸向妳尖細粉蝶的觸角
抽動下顎
發音波瀾的葉綠聲

競相奔馳城市上空

Sep20`2003

未曾說出的

時而，水草一樣擺盪燈下

起伏城市柔煦未眠的目光

鼓動夜風的翅翼

悄悄播映你阡陌的花海

又豈

　　　偷偷秋天的韻腳飄落長睫

飄落每一行無論

是雲或雨的每一扇窗

都有你為夢暖身

落了戶的

晨光。設籍胸臆

——那彷彿，繞了半世紀的地球——

與詩相遇

共乘一座月光的輕航機

Jan14`2004

芳心 9 ball

瞄準愛情
以永恆，為中心──

開球。戰爭才開打
追逐城內的輕騎兵

從一號球到八號球
都圍著煙幕團團轉

從一號球到八號球
都不過是投石問路的水瓢兒

九號
才見妳深海的芳心之墜

一顆星⋯⋯該是衡量彼此
懸掛時空的差距

跺桿。暴力了些
卻是跨進門檻
最直接的告白

吊球。陷思路於
幾經波折的峽灣

藉球。拿他山之石
墊腳的情敵

兩顆星。披著耀眼的弧度 Kiss
9 ball

收桿
香囊裡的。準星

Aug27`2001

搖搖擺個pose的尾巴花

搖搖吟遊擺個pose的尾巴花　煽啊煽

擺個煽情pose剪下時間扭臀的邊框就碎碎碎

碎唸你

練了一萬年狼毫也寫不出下聯的情詩

塞滿午夜抽屜的眼珠

一不小心就彈出腦殼　飄啊飄的空寂

空空空是三千白髮

回想到飄啊飄分岔的光年怎還不回來

來來來學狐狸歡唱風中

搖頭新生的線條

舞到眼淚也神魂顛倒

嚐過滿街糖衣的多爾袞還沒死透

真是奇蹟奇蹟

謝謝你留我在世界盡頭

用尾巴花灌醉苦悶　瀟灑吻別月亮

坐看列車外千年樹人沙沙沙

搖落憂鬱日出

搖落冬眠的我們搖搖蹺蹺板就滑向可愛的神

Jan11`2008

亂了譜

突然想踹飛一身黑★

「嘿！好看嗎」

怦怦一臉@.@*火星眼的♀為詩造夢梳妝

□ 心口一致互換燙金花戒

□ 宅進韶光記憶體

□ 龜速……Zz……復日日的收訊中˘.˘

□ 忽冒出蟹行臉譜的⇕圍城歹兵

□ 噯呀水母佯裝鬼臉 >.< 飄走

□ 緊撐 ~"~ 竊喜脈搏香檳醉的影像。°

□ 重感冒的@仍難敵 ∞ 眨眼蹦出 I ♥ U

「唯歌聲純淨」白髮說

所有幻聽銀河弓琴貓叫

太空

re*re*re*

失神的後來

凡通往鵲橋的│　　　　│放映機都心慌慌

愛　光　光

Aug26`2009

情夫

想妳緩移九月葉隙的腳步
鞦韆光點的山羊鬍撫挲唇語

髮絡與髮絡摩擦春天的觸感
協奏ㄗㄔㄕ輕徐花蕚
蝶出露天劇院的身姿

無由引吭起鄭愁予詩寫情婦
據地雙城的遙對
環迴候鳥的盤旋
何時棲止

瞭望，也僅暗湧地心
根生一株鐵樹。未果的百年

Sep3`2005

蜘蛛蘭

我已沒時間分辨蟲害
或蜂蝶傳情，沒時間隔空
作戰：包括想像你
如何厭惡一尾母蜘蛛的讀心術

更沒時間質疑
是否激怒過一隻忠犬失去理性
促使小馬怯步
踢躂邁往愛如綠蔭的小步舞曲

——或許老湯姆早忘記我
不再修剪花草

但我毋須賒欠鄰家園丁
幫我灌溉滿庭
婀娜香氣的蜘蛛蘭從早到晚
每逢節慶卻不見蹤影

Aug7`2007

轉速

關於此機械性問題
誰能回以茱迪絲噘嘴軟雲般口吻
堵住冷漠

當星星看來龐碩似幻象一號
茁壯攀升0與1的倍數成長
充斥下一代手裡的遊戲機回以
答錄機的嘟……嘟……嘟……
複寫墓碑　蓋成圓頂的蠟像館

當羞怯的冷空氣正要開口「嗨」
我們苦悶的保全先生
嘆一聲　夢見前妻囈語的憨笑

僅剩下數位式液晶
複製尷尬
定期噴灑黑暗中趨光性的淚

Dec8`2007

花戒for 193

逾恆十年軌跡
逾恆無名指
來時風雨的一對銀戒

烙有焰燭上
被風
捕捉的暗夜弓起狐疑

刻有屋簷下
被雨
敲醒夢境托起的霧氣

放任院落曾含苞修辭
閃爍的蕊
能否完好朝夕
為彼此量身無悔的剪裁
一如引燃青春的韻腳
裹以時光溫婉

暖色調的筆觸為詩
——推窗

偕手餘暉裡
互換一抹
神秘的，莞爾。環扣馨芬？

Aug15`2002七夕

袍

敞開後　女人抿著果核
進入腐泥的視野
呼吸

翻身　鹹魚的情感
仍殘餘自欺
充盈處子夜晚的體內

其實關節
不再激越從骷髏塔
費事取出
蜂漿的對白

睡前的額吻從母親
戀人
直到滲透雙頰病體的滋味
成為倆人三腳
互補生命線的缺口

關於摺痕

分岔過深的疑問句

皆已淡化追溯

邁向跳蚤市場

交易雪花的中年人

不時發出梅子般囈語

川流整棟大樓

輾轉青春

廝守唾沫的迴旋曲

往往　措手不及

從繡花枕到女兒書的被褥

Nov1`2009

年

給的承諾不夠浪漫
回答的聲音又不夠確定

有時根本分不清
回頭的霧中
是搖擺於深冬牛尾
或迎新笑面虎

雨　總輸給太陽
幻聽的意念

黃色炸藥常錯用標示
火花　何止七步
覆滿水晶球
風的切面撫觸眼尾摺痕

測試距離美的臨界點上
光圈銬住老街的妳

不停破譯背影
與回憶錄裡的藍天
黏合每季落花

寄往墓誌銘　途中

Dec25`2009

跋──致 逐漸風化塵與土的我們

此時，北風敲著南方的窗扇說你要走
卻不是黎明每天離去時的口吻。你說謝謝、
謝謝⋯⋯
我難以辨識那聲音是寬慰
或曠寂月台的回聲
留下一束茉莉和一串濕熱問號的鑰匙

你說那些跳閃火圈的逗號
遺愛灰燼的鵝毛筆
揮旗落日的句點
終要化為雪片飛往異國
一隻灰面鷲穿越東方調城市的雨中
有檀香和忍冬花的味道紛灑記憶

靜看一頭母鹿涉水河谷
水花濺起
無邊倒影的夜空不斷抽拔甜糖絲
競逐金字塔位移的

旋轉門
我多懷念你遞來水杯，尚懵懂愛
純摯如日昇的初衷
重疊里爾克與茨維耶塔娃的淺笑
環繞無伴奏巴哈反覆詠唱
穿越光陰手持一把黑傘下的三詩人書

北風說你要離去猜背影的此際
答案其實早在過程裡
只是從不表態寶石伏蟄地心的震央
冰封的城堡更膽怯如琥珀裡的蟲豸
被泥沙所遮蔽
直到恍然白粉蝶從廢墟飛出
共舞的音軌填滿虛線鐵道上

蒲公英輕吭著天際彎身的爵士樂
響起

Nov30`2007

Star star Rose

　　她始終質疑你胸口偷偷長出另一朵玫瑰。手稿中的字母 S、F、W、Z …每首都貌似一段戀歌或安魂曲？

　　連ㄅ、ㄆ、ㄇ也長出毛邊，協奏小巷的教堂聖歌綿延至後院；夜晚她深邃的黑瞳綻如星芒時常漂浮天花板的問號。
　　聽見枕邊人莫名嚶嚶的淚水像負傷的公獅奔馳夢中⋯⋯

　　———子夜的焰紅煙圈有翅長長伸向黎明遠方的目光———

　　她與公獅還有猜不透的玫瑰化為每年春日小令，相繼走進清明時節，長出安息香的黃昏、鷗鳥⋯牠們絡繹盤旋指腹。

　　從未靜止過的降記號

May5`2008

心動

　　記得麼？也許你從櫥窗外路經，不過是在微雨五月的逆風中撐傘到超商買杯溫飽的咖啡、微波食品……卻被店員不小心撞翻你。

　　潑灑一地久遠的雲和月；婚戒順勢叮伶伶滾落牆角框住你一臉的暮色想起她

　　關於雪的記憶與氣息彷彿今生無緣再得知她流浪哪個國度。今天是20080514毫無值得回顧的日子，然而另一些值得珍愛的紀念日，於今又在哪裏？

　　想想不禁搖頭苦笑。結果均苦澀消失在典籍中翻閱的彼此像地圖上隱形經緯的藩籬，豎起鋼冷杆影，有數不盡的花期從日曆上綻放又墜萎

　　一株孤挺花仰頭萬幻的天空從日出到日暮毫無期待的出生、遇蝶

　　彷彿是夢卻哭得心碎……

清醒麼？仍是寄出一封封無語的天空。風箏飄懸於滄海的來路上

相傳：曾有月光被風笛吹奏的痕跡──

May14`2008

水患

長輩說：「把桶裡的水，倒遠點，別倒自家門口
否則周圍溝裡的魚會死掉」

在夢裡，沒想太多。其實夢外何嘗深想過……於是
隔兩條街該完成的事；仍質疑在漫長街道中徘徊
雙腳前進在車流、人潮裡
良久之後……才放掉手上難為情的事都盡力了

忽然你想起回家，發現路好遠的你直覺招起手來
叫喚計程車

計程車一輛接一輛滂沱雨中都載滿了往生的親人
一群黑狗，從對街狂吠撲來

Jan24`2008

她在河堤上唱歌

妳看見她在河堤上唱歌，回頭往後一看，自己也在橋墩旁唱歌，專注的樣貌，與她照鏡子如雙胞胎般發聲一致快慢的唇語。

忽然妳知道她溺水，卻出奇平靜，走進靈堂，但沒有一個人找出她的遺體，於是發覺詭異，跑到玄關找鞋子。看見滿滿近百雙的鞋子儘管整齊、顏色不一但款式都相同……正當焦慮無法跨出靈堂時終於認出鞋子，穿好後。疲憊的身心只想狼狽逃離現場。沿途回家的路卻漆黑不見十指。

唯有仰賴車頭燈的亮度，寸步走在快車道邊緣，尋求出口。

終於天色漸亮，看到家就佇立不遠處。但繁華的景象全變成荒田，自己還站在河堤上唱歌。

無盡地迴帶，縱身躍下。愛唱歌的十一歲

Dec31`2007

輯四
城邦

說著再會的小雲雀
如春雨緊摟信箱

冰夕Dec31`2008・相信

身懷美麗迷宮的少女

有多少奇蹟孕育自荒地

搖籃的稻禾從中央山脈

綠成米勒筆下

搖曳金黃的麥穗

壓根沒想過風雨是個什麼味兒的年代

白雲騎在牛背上

追逐課後

奔跑田埂的笑聲咯咯

縱是斜落

夕暮，炊煙的草浪

那時的泥土好香

天空好軟

都盡收青山眼底——

而老外，總化驗不出她

流竄血液裡的負傷記錄

仍是糊上了一股異常黏稠的標籤
「妳是中國來的嗎？」
啊！我只能苦笑點點頭
「是呀～　我母親，
曾是那樣美麗的中國。」

Aug2`2003

歲末——兼致《洛夫「石室之死亡」詩集》

甜味如煙花繫在手腕兩側

每當愛抱起妳

世界就旋轉花粉的目光。從嚴冬中

無數不知名的壯碩青年搭起鷹架

搭起一座座城市跨年的新橋

通往羅馬的

東方人臉孔，驚嘆、讚頌與歌詠

皆在神的膝前

如歌謠中的月亮代表我的心

藍調著變奏的虛線前進

遇紅燈左轉

恨昨日矯情

留下，虎口的雙腳難以怯退一字青天

滿身彈孔的疑慮

問星、問老者

字謎般伸往夜空的無名爪痕

欲捕夢為蝶的，你說

石室裡有彼此的中年橫陳

知識的攤販前

飛竄出火車上流亡的家書

式微唐風的文采

開往魔幻現實裡

打怪的我們，翻書赤字

研發水路自由式的傳單

流著先人血統的但書

改造哺乳類的生活方式

因應暴動、因應暖化的警戒線

因應利斧的

地下室

嗅覺，與破土日出的文藝青年

從含砂的河川

綠化為飲用水

踢翻火盆中悲愴的狼步

走出孤獨

僅為打造一把窮盡畢生

血骨的鑰匙

讓地糧與遞糧從瘦弱手心攤開

全世界：

　　　　那從槍口，走出孩子們仰望光中的臉

　　　　放下武器重返校園

　　　　承繼孔孟

　　　　開拓新紀元符號學的 A 與 Ω。

＊註：洛夫《石室之死亡》詩集，侯吉諒主編。《洛夫「石室之死
　　　亡」及相關重要評論》，漢光出版社，民國七十七年初版。

Dec31`2008

遇見廣場前16:9的夏日投影

螞蟻跌倒了，還是要愛

忠心的牧羊犬被後街老鼠藥毒死了，還是要愛

跌落井底的蛙，還是要愛

活在偏遠山區的野孩子，還是要愛

資優神童的雙碩士，還是要愛

學生時代縫進左手腕的蜈蚣，還是要愛

異國來的修女，還是要愛

整整聽了半年巴哈不說一句話的燈下，還是要愛

每星期寫一封遺書，還是要愛

擠不出半句話的餐桌上，還是要愛

吵了三十年的冤家，還是要愛

病床上癌症末期的婦人，還是要愛

校園的鳳凰花開了，還是要愛

相戀十年的戀人離去了，還是要愛

一出生就揹債的嬰孩，還是要愛

口袋只剩下幾塊錢銅板，還是要愛

被追殺的黑道角頭，還是要愛

開賓士的少年企業家，還是要愛

天生啞巴的阿土，還是要愛

靠輪椅賣獎券養活一家子的老伯，還是要愛

沒有尊嚴的公娼，還是要愛

每天記恨負心人的人，還是要愛

被潑硫酸的阿桃，還是要愛

讀完了歷史哭紅了半壁江山，還是要愛

苦水成河的島嶼，還是要愛

整整五年不敢翻開新婚相簿，還是要愛

蹲了三十年狗籠的思想犯，還是要愛

上吊十八次都失敗的寡婦，還是要愛

流亡了四十年的作家，還是要愛

寄出一百封沒有回信的情書，還是要愛

核彈轟炸果園，還是要愛

手握權仗的偉人，還是要愛

舉債度日的中年失業人，還是要愛

失去親人的孤兒，還是要愛

真理變成笑柄，還是要愛

有人舉牌世界末日，還是要愛

Aug25`2006

我們結婚吧

對全世界宣告
我們決心抗癌細胞
步上紅毯前
向妳求婚，以一綹綹空飄
列隊如百年
忠貞路樹的紅絲帶

向妳求婚；碰巧
放眼中央廣場望去
白鴿都結夥好時機出遊了
只剩許願池
瀰漫燒焦翅膀的味道

向妳求婚
是在擁抱妳胸口時
才知那裡早開花
但始終猜不透那朵花

是紅色、黑色
苦悶，抑或幸福？

若非嗅及假性受孕的日出
如雪球囊腫
向妳求婚不成眠的季節
勢必有雨
親吻彼此青春早衰的臉
坐彎一張編年史的藤椅

既使戳記每條街景
被鐵器壓彎藤椅的沉默裡
也無以扼阻
嚮往自由的高度

向妳求婚，即使
步上紅毯最幸運那端
並非是我

Sep15`2006

井

發現喉頭至少
還藏一件挖不著的喪衣
瑯噹釘入骨節
碗大缺口的疫情
吞下一桶桶發酸
毫無勝算的倒影

天晴時
朝向翻雲無憂的白手套
頹廢吶喊：生命呦
歲月竟轟隆擲回豪雨箭矢

再轉幾回
活生逗弄白老鼠尖叫一年
窮過一年的不死絕技

Oct12`2006

家計簿——致五月

托住眼球的
康乃馨
是否托住了鏡子裡獨舞四十年
奔跑在芥末黃油煙
與草綠色圍裙的咳嗽聲中，拉鋸

抑或始終自責
被動，單薄如洋蔥的夢囈
還沒起飛島嶼上

掠過陣陣青翠鳥囀的五月
抬頭陽光
自身後日漸磨粗少女嗓音的祈禱
卻遲遲不肯跨出一小步
留給自己的明朝

讓剛烈炎陽與水
均衡揉合於任一容器的；除了眼淚

什麼都許諾給
不計較好壞日子的婆婆媽媽

一本最糊塗世上
流芳。愛的呆帳

May13`2006

如果談及誰先走的問題

媽媽她未交代即自病房中
化為早謝的康乃馨從十一歲窗口飄落
終年靡雨

神話故事亦未留下線索
萌芽校園或十字路口
等候爸爸疲累落日血絲的目光拉長童年身高

弟弟沒見過媽媽模樣
老錯把六十歲褓姆印象嵌入一床
抱憾無法對焦的夢中抽咽

鑰匙它扭開一連串滴答水龍頭歲月
漲滿盈月視窗，浪流早熟的社會學
除了愛
猶未成熟門縫外的妳
欲掙脫厚繭鏡前。走出破曉

*Sep18`2005*中秋

中秋路上（組詩兩首）

• 廟裡棄嬰

許多人在回家途中遇颱風
仍一心渴望團圓。媽
為什麼您要往反方向走

才出生一週的棄嬰
問佛。

• 車落斷橋

年輕的工程師天天開往理想道路途中
行經無數壯麗日出，就在中秋夜這天
颱風打斷了家的去向
此刻，車還漂流在大甲溪上

卜。寫。生。死。未。明

Sep14`2008中秋颱風

相信

相信愛不是枯髮後
才驚覺時間充斥白骨

相信走不是遺恨
夢中廚房失語的洋蔥

相信沒有未來的我們會在老舊書攤相遇
天使與魔鬼的惡作劇
比神話
更真實燈影下銘刻土石流的身高

說著再會的小雲雀
如春雨緊摟信箱
曝光魚尾紋靄那仰望天空時

一顆流星淚光　又墜落詞窮的左手
如安睡城邦的心房上住進雪白紙張

Mar15`2009

後現代上邪（組詩五首）

● 我欲與君相知

車馬費、贍養費、註冊費、養老費

市議會地下停車場的狗仔們

竊笑車震的耐撞度遠比社論

還惹火撒旦的底線欲崩

餵養二奶、胎教中的嬰孩

反諷式的卡漫比社會寫實還看俏

地方自治的軟教條

提早出監的狼嚎。

老實電車男與苦悶的啤酒肚們

如何放寬情色尺度

包容她童年陰影的文明不停頂撞

自尊。趴伏牆上抽泣

● 山無陵江水為竭

埋藏最愛的潮流

水泥人妻
東窗補西牆的抓漏費，人肉包子
引來偵探對質高額保險的受益人
浸淫老少配的針孔裡分析
剪不斷的情理法。

• 冬雷震震夏雨雪

爆破現場從西方進化到東方的隱疾
肆虐民主的貞操帶，一卡車撞進
非親非故的靈堂、假日廣場、火車站
不見高堂與孤女淚海沉冤
不見六月雪肆虐地球的熱爐反應
只見烏雲罩頂的炸彈客強吻人間

• 天地合

如蛇籠的捷運地下化，運轉大腦
刻意扶植的綠意生態卻扶不起赤字
漏洞叢生的種族分化論
野獸的衣冠塚和烈士墓併用
無價的勳章

最後仍回歸拾荒老人手上
補一頓老掉牙的實況轉播

● **乃敢與君絕**

呵，她唱著「長命無絕衰……」海嘯聲如輓鐘
捲走了戲台風霜　　　　　　（背景小妹迅速換場）
傾城星光的淡水河、黃浦江　（扛走假山、假畫……）
獻給歷史　　　　　　　　　（卻獨漏政客的假牙）

獻給風景直指
不堪墨客甩髮長恨歌
舞罷虞姬
又一曲山轉的烏江，群起高亢掌聲的汨羅江
扔向現代。

　　他身陷文字獄的滑鼠不停衝撞肋骨

Jul12`2009

隱題詩——致 詩人們（組詩七首）

1.《因為風的緣故》 （洛夫／詩集）

因為風的緣故妳記取石室之死亡的灰燼中，寧

為漫天嗤笑的雲影屈膝，匍匐挺進母性的本能

風險隨暴動洗腦地窖裡僅存閃電

的夢境，以自由流動的風向撫觸重生的陽光。

緣起於某年撞翻苦僧的空碗，從盛滿悲憐的視線交會

故人啟動涅槃；妳開始學會忍冬花氣息活出果實

2.《夢或者黎明》 （商禽／詩集）

夢從鐵窗外扔進我們最後一次的交談

或幾個牛頭馬面的旁觀

者

黎明就在獄卒眼前，鑰匙插進心臟

明確綻開門里門外失散多年的愛恨。全到齊了

3.《介殼蟲》　（楊牧／詩集）

介於神鬼之間

殼由我來償付古典的星空藉詩還魂

蟲是你，介於等邊三角的失溫地帶

4.《親密書》　（陳黎／詩集）

親愛的小丑習慣每晚經過高樓的落地窗外

密訪我打字的姿勢、節奏、咳聲；甚至在告解時的

書邊，捧起我臉頰上和他一樣流出兩行扭捏光中的淚。

5.《草木有情》　（蘇紹連／詩集）

草本的野生植物從詩人手心放飛紅紙扇的黃昏，入

木七分熟的鄉愁攤展開身世地圖

有流水圈起四季行腳，打從南台灣尋根葉葉

情深鮭魚般母語沿河畔喚醒小太陽的我們

6.《寂寞的人坐著看花》　（鄭愁予／詩集）

寂寥午夜準點的錯誤

寞然響徹夜闌裡噠噠

的馬蹄聲：

人由少女轉為銀髮的手中線

坐不住一針牽繫初心的想

著

看著鐘面返影就像昨天在魚市場買的

花，出席一桌晚宴後。早夭的雛菊

7.《午夜歌手》　（北島／詩集）

午寐的夢中他再度從槍聲裡逃脫

夜返家鄉的列車上

歌聲如雪片墜落紅場陰鬱的軍靴

手錶上的冷汗不時滴落蛇籠

Dec14~16`2008

【跋】

亮著冷光的冰夕

——及讀〈思及聽巴哈的遠方〉組詩

雪硯

1、

冰夕有一點點羅英的味道。

羅英在生命之前的憨厚，都在她慣用的轉喻之中變奏成慧黠的無奈。羅英的很多詩裡，都表現了一個女人期待生命開花的耐性，那是她對生命的一種挑戰與責難。當一朵菊花凋萎，某種程度的悼亡意象，就被喚醒；而身為一個女人，在絕對的角色裡，羅英把心中的痛透過詩給予透明與淨化。類乎超現實的手法，其實是早期存在主義的概念延伸，這裡邊達利的現代藝術觀念，深深的影響著羅英，有時候在無意識的變形中，我們看到的是一種對現實的嘲弄。

冰夕的語言一樣是接近透明的，但不是嘲弄的，也不全然是感慨與無奈。相反的，冰夕對許多題材的經營都表現出順著木紋用鋸的那種專注與特質。身為一個現代女

性，我們很少觸及屬於冰夕意味的叛逆，譬如說年代的尖
銳或時尚的挑釁。縱使她寫風霜雨雪，寫人世的寒涼，那
詩意仍然是熱的。當意象飽和到內在的聲音無處可放的時
候，她懂得巧妙的轉，這一轉，新的意涵就有了生命。我
們看到的冰夕的語言，是清晰而亮著冷光的，一種對生命
過程冷靜的詮解。

2、

〈思及聽巴哈的遠方〉這首組詩的立意甚佳，三個子
題的組合，明確而堅定，又語意清澈，讀來曉暢。冰夕的
詩多喜在現實的傷痛與心靈的癒合中，點滴提煉生命的醒
悟。帶著一種美與聖潔的仰望，將許多生命中無言以對的
片刻，轉換成詩與現實的辯證，也許是一個意象的流動觸
及了內在深處的情感流動，那麼，便彷彿一條美麗的項鍊
閃耀著自己的光芒，在心靈的長廊，緩緩走向天涯。

> 很多昨天
> 很多羊
> 但沒有一次安全返家
>
> 　　　　　　　　〈思及聽巴哈的遠方〉

一個捉迷藏的遊戲與現實人生之間，蹙不及防的弔

詭。一種走進生命的優雅，卻隱藏了幾許的怯望，其中延
伸出來的距離，不經意形成了很多昨天的「遠方」。逝去
的流離歲月總是充滿了「羊」的隱喻，正如我們在成長中
遭遇的缺憾與傷痛，無形之中長成一個佇足、傾聽與窺視
的心理補償，抑或，潛在的自我質疑與抱憾。當夜晚的安
靜出現時，詩恆常帶著遼闊的、貞定與愛的和諧，翩然降
臨，很多美麗的意象，也如同一種優雅，可以抵禦生命中
偶或的雷動與風暴。冰夕在第二個子題《塵》裡，如約完
成了一次美麗的遠行。

　　　如果有一百首詩
　　　飄洋過海的攤展月光下

　　　會不會全是妳
　　　　　　　　　　　　　　　　　　　〈塵〉

　　詩給人安慰與心靈的醒豁。我們甚至以為，詩的原質
隱含了神話的真實與生命的寄託。語言的存在，兼次實踐
了心靈與現實之間的交感與融和，神話的完成，架構了詩
的敘述主體與象徵體系。每一個心靈的展演，透過意象的
鏈索，可以激迸出生命豐富的語貌與形象的樣態，那是現
實人生無以抵達的「遠方」。那裡有著心靈世界無窮完美
的高度秩序與溫馨和諧，以及一種絕妙的音樂性，透溢著

美感經驗的飽和與企慕。

　　一隻壁虎的巨大身影

　　壓了過來

〈噓〉

　　透過壁虎的身影，指涉恐懼的威懾，這是現實的經
驗表詮，就像佛前枯萎的「白」「玫瑰」，影射失去的傷
痛。曾經如是虔誠的把自己供在愛情之前，待進入一個虛
掩的發聲裡，才明白「貧血」是一種佛也不忍明說的恐
懼。愛情的消失等同於心靈的「貧血」，冰夕指出了佛前
低眉的白玫瑰，與「一隻壁虎的巨大身影／壓了過來」，
形成了意境上很好的對比，強調人生〈愛情〉在困厄的時
候，佛的救贖與心靈撫平的必要。

　　這首組詩有著現實的指涉，也大幅度的呈現心靈的感
性圖畫，語言上的深刻展現，特別讓人能感受其靈活生動
的生命意象與換喻技巧，果然是好詩，值得給予推薦。

致謝

冰夕

　　從過往寫作以來，內心就想倘若有機會，一定要答謝曾提攜我在創作路上的前輩於文學論壇上，不辭辛勞推動文創提升文化敦促小眾文學的站長。還有與我共事過的詩版主與詩友讀者們。

　　於斯，時間越走越遠，記性卻越來越短暫。僅以如下名單，列表我摯愛的啟蒙恩師的詩人和默默支持推薦《閱夜・冰小夕》個人文創部落格的讀者，還有向來辛苦支持我寫作長達九年的家人與193，以及為我摺紙鶴祈福的弟弟枂鵬。

　　感謝蘇紹連（台灣詩學論壇站長）、喜菡（喜菡文學網站長）、嵐楓（楓情萬種文學網站長）、王希成（草山文苑站長）、北島（Today論壇站長）、小魚兒（詩歌報論壇站長）、蕭蕭、大蒙、向明、辛牧、嚴忠政、紀小樣、林德俊、雪硯、代橘、博弈、munch、一樹、紅山、左岸、《我們隱匿的馬戲班》所有成員、《東方詩學》所有成員。

最後感謝：《台灣詩學・論壇》的「台灣詩學吹鼓吹詩人叢書」方案，讓冰夕於2010年在台灣出版第一本個人詩集《抖音石》。

發表記錄

　　因遺忘多於記性所以此處僅紀錄首次刊載於詩刊或報刊之作品。

※〈鄉愁似雪〉首次收錄《文學人月報》2000年十二月刊登。

※〈露卡！醒醒吧〉首次收錄《詩路2001年度》詩選集刊登。

※〈一個名叫春天的女子〉首次收錄《國語日報》2002年暨「新銳詩人作品展」刊登。

※〈晃盪可樂娜的身影〉冰夕手稿首次收錄《壹詩歌》創刊號2003年刊登。

※〈露卡！醒醒吧〉首次收錄於《乾坤詩刊》2003春季號,暨「文協青年詩人周展」刊登。

※〈女紅〉散文。首次收錄《西子灣副刊》2005年六月刊出

※〈如風起時〉、〈日出・風城印象〉首次收錄《詩癮》2005年「喜菡文學網」創刊號精選集刊登。

※〈如果談及誰先走的問題〉首次收錄《台灣詩學・論壇二號》2006年三月出版刊登。

※〈台灣冰夕五首作品〉首次收錄中國《國際藝術界》2007年三月,刊登網載。

※〈冰夕的詩〉首次收錄中國《詩歌報‧月刊》總十九期，2007年六月刊登。

※〈冰夕作品〉首次收錄中國《詩歌報》首頁「推薦詩人」2007年第二季，刊登網載。

※〈思及巴哈的遠方〉首次收錄《台灣詩學‧論壇五號》「新世代詩人榜」2007年九月出版刊登。

※〈穿起李清照的鞋子跳華爾滋〉首次收錄《中國詩庫2007卷》詩刊社，刊登。

※〈遺失的來途上〉首次收錄「大學校園文學詩獎作品巡迴詩展」暨第二屆國民詩展2008年五月刊登。

※〈中秋路上〉首次收錄《今天 TODAY〈今天詩選〉》2008年九月刊登網載。

※〈女身〉、〈赤身〉詩兩首，首次收錄2009年十一月「小草藝術學院11週年慶——與歷史的靈魂對弈活動」刊登。

國家圖書館出版品預行編目

抖音石 / 冰夕著. -- 一版. -- 臺北市：秀威
資訊科技, 2010.06
　　面；　公分. --(語言文學類；PG0384；
吹鼓吹詩人叢書；4)
BOD版
ISBN 978-986-221-516-6(平裝)

851.486　　　　　　　　　　　99010831

語言文學類　PG0384

吹鼓吹詩人叢書04

抖音石

作　　　者／冰　夕
主　　　編／蘇紹連
發　行　人／宋政坤
執 行 編 輯／黃姣潔
圖 文 排 版／郭雅雯
封 面 設 計／陳佩蓉
數 位 轉 譯／徐真玉　沈裕閔
圖 書 銷 售／林怡君
法 律 顧 問／毛國樑　律師
出 版 印 製／秀威資訊科技股份有限公司
　　　　　　台北市內湖區瑞光路583巷25號1樓
　　　　　　電話：02-2657-9211　傳真：02-2657-9106
　　　　　　E-mail：service@showwe.com.tw
經　銷　商／紅螞蟻圖書有限公司
　　　　　　台北市內湖區舊宗路二段121巷28、32號4樓
　　　　　　電話：02-2795-3656　傳真：02-2795-4100
　　　　　　http://www.e-redant.com

2010 年 6 月　BOD 一版
定價：210 元

讀　者　回　函　卡

感謝您購買本書，為提升服務品質，煩請填寫以下問卷，收到您的寶貴意見後，我們會仔細收藏記錄並回贈紀念品，謝謝！

1.您購買的書名：＿＿＿＿＿＿＿＿＿＿＿＿＿＿＿＿＿

2.您從何得知本書的消息？

　　□網路書店　□部落格　□資料庫搜尋　□書訊　□電子報　□書店

　　□平面媒體　□朋友推薦　□網站推薦　□其他＿＿＿＿＿

3.您對本書的評價：(請填代號　1.非常滿意 2.滿意 3.尚可 4.再改進)

　　封面設計＿＿　版面編排＿＿　內容＿＿　文/譯筆＿＿　價格＿＿

4.讀完書後您覺得：

　　□很有收獲　□有收獲　□收獲不多　□沒收獲

5.您會推薦本書給朋友嗎？

　　□會　□不會，為什麼？＿＿＿＿＿＿＿＿＿＿＿＿＿＿＿＿＿

6.其他寶貴的意見：＿＿＿＿＿＿＿＿＿＿＿＿＿＿＿＿＿＿

＿＿＿＿＿＿＿＿＿＿＿＿＿＿＿＿＿＿＿＿＿＿＿＿＿＿

＿＿＿＿＿＿＿＿＿＿＿＿＿＿＿＿＿＿＿＿＿＿＿＿＿＿

＿＿＿＿＿＿＿＿＿＿＿＿＿＿＿＿＿＿＿＿＿＿＿＿＿＿

讀者基本資料

姓名：＿＿＿＿＿＿＿＿＿＿　年齡：＿＿＿＿　性別：□女　□男

聯絡電話：＿＿＿＿＿＿＿＿　E-mail：＿＿＿＿＿＿＿＿＿＿

地址：＿＿＿＿＿＿＿＿＿＿＿＿＿＿＿＿＿＿＿＿＿＿＿＿

學歷：□高中(含)以下　□高中　□專科學校　□大學

　　　□研究所(含)以上 □其他＿＿＿＿＿＿＿＿

職業：□製造業 □金融業 □資訊業 □軍警 □傳播業 □自由業

　　　□服務業 □公務員 □教職　□學生 □其他＿＿＿＿＿

To：114

台北市內湖區瑞光路 583 巷 25 號 1 樓

秀威資訊科技股份有限公司　　　收

寄件人姓名：

寄件人地址：□□□

(請沿線對摺寄回,謝謝!)

秀威與 BOD

BOD（Books On Demand）是數位出版的大趨勢，秀威資訊率先運用 POD 數位印刷設備來生產書籍，並提供作者全程數位出版服務，致使書籍產銷零庫存，知識傳承不絕版，目前已開闢以下書系：

一、BOD 學術著作—專業論述的閱讀延伸
二、BOD 個人著作—分享生命的心路歷程
三、BOD 旅遊著作—個人深度旅遊文學創作
四、BOD 大陸學者—大陸專業學者學術出版
五、POD 獨家經銷—數位產製的代發行書籍

BOD 秀威網路書店：www.showwe.com.tw
政府出版品網路書店：www.govbooks.com.tw

永不絕版的故事・自己寫・永不休止的音符・自己唱